가짜 생일 파티

잇츠북이 어린이 여러분에게 욕심과 우정의 메시지를 드립니다.

저학년은 책이 좋아 43

가짜 생일 파티

글 정희용 | **그림** 정경아

펴낸날 2024년 11월 15일
펴낸이 김주한 | **책임편집** 한소영 | **책임마케팅** 김민석 | **책임홍보** 옥정연
디자인 아빠해마 김승우 | **인쇄** 이룸프레스
펴낸곳 잇츠북어린이 | **출판등록** 제406-251002015000039호
제조국 대한민국 | **사용연령** 8세 이상
주소 (10881) 경기도 파주시 회동길 471(문발동) 몽스패밀리Bd, 301·302호

ⓒ 정희용, 정경아, 아빠해마, 2024

ISBN 979-11-94082-16-3 74810
ISBN 979-11-92182-55-1(세트)

잇츠북어린이는 〈잇츠북〉의 어린이 브랜드입니다.

가짜 생일 파티

글 정희용 그림 정경아

잇츠북어린이

차례

샤랄라퐁 가방

"생일 축하합니다. 와!"

세빈이는 가장 큰 소리로 축하 노래를 불렀어요. 2학년이 되어 처음 사귄 단짝 친구, 다은이의 생일이거든요. 아이들이 생일 축하 노래를 부르는 동안 케이크에 꽂은 초가 쑥 작아졌어요.

"다은아, 얼른 촛불 꺼."

세빈이가 신이 나서 말했어요.

다은이는 볼에 잔뜩 바람을 넣어 힘차게 후 불었어요. 촛불이 단숨에 꺼졌지요.

아이들은 저마다 준비한 선물을 다은이에게 건넸어
요. 세빈이는 그 많은 선물 중에 인영이가 들고 온 선물
이 제일 궁금했어요. 인영이는 없는 게 없는 별별 문방
구점 딸이에요. 그래서 최신 액세서리나 문구류를 늘
제일 먼저 써 봐요.

다은이도 인영이 선물을 제일 먼저 집어 들었어요.
리본을 풀고 포장지를 벗겨 내자 분홍색 작은 가방이
모습을 드러냈어요.

"와!"

아이들이 일제히 탄성을 질렀어요. 요즘 아이들 사이
에서 유행하는 샤랄라퐁 가방이었어요.

인기 애니메이션의 주인공인 샤랄라퐁이 메고 다니는 가방인데, 실제 가방으로 만들어져 나온 것이지요. 사려고 해도 구하기가 힘들어 일찍부터 줄을 서야 할 정도라는 그 가방이 바로 눈앞에 나타난 거예요.

며칠 전, 세빈이는 별별 문방구에서 저 가방을 봤어요. 엄마와 준비물을 사러 갔던 길이었지요.

별별 문방구에는 온갖 예쁜 물건들이 많아요. 앙증맞은 지우개부터 수첩, 지갑, 스티커, 깜찍한 인형까지 어느 한 곳에 눈길이 머무를 새가 없지요.

그런데 그날은 달랐지요. 문방구에 들어서자마자 샤랄라퐁 가방이 눈에 딱 들어왔어요. 당장 사지 않으면 또 언제 살 수 있을지 몰랐어요.

하지만 엄마는 집에 비슷한 가방이 있다며 안 사 주었어요. 비슷한 것이지 샤랄라퐁 가방이 아니잖아요! 아무리 조르고 떼를 써도 소용없었지요.

그날부터 가방이 세빈이 눈앞에 아른거렸어요.

'세뱃돈이 있었다면 바로 샀을 텐데⋯⋯.'

얼마 전까지 가지고 있던 세뱃돈을 은행에 저금했거든요. 아쉬운 마음이 들었어요.

세빈이 용돈으로는 어림없는 가격이에요. 간식도 안 사 먹고 몇 달을 꼬박 모아야 하지요.

"정말 예쁘다. 인영아, 고마워!"

세빈이는 샤랄라퐁 가방을 갖게 된 다은이가 정말 부러웠어요.

"요즘 우리 문방구에서 제일 잘 나가는 가방이야. 앞으로 친구 생일 선물은 이걸로 하려고."

인영이 말을 듣고 세빈이는 얼른 자기 생일을 꼽아 봤어요. 지금이 4월이니 아직 한참 남았지 뭐예요. 나뭇잎이 무성해지고 나무 그늘이 짙어지는 7월이 되어야 세빈이 생일이에요. 그전에 저 가방이 다 팔리면 어떡하죠? 세빈이는 마음이 급해졌어요.

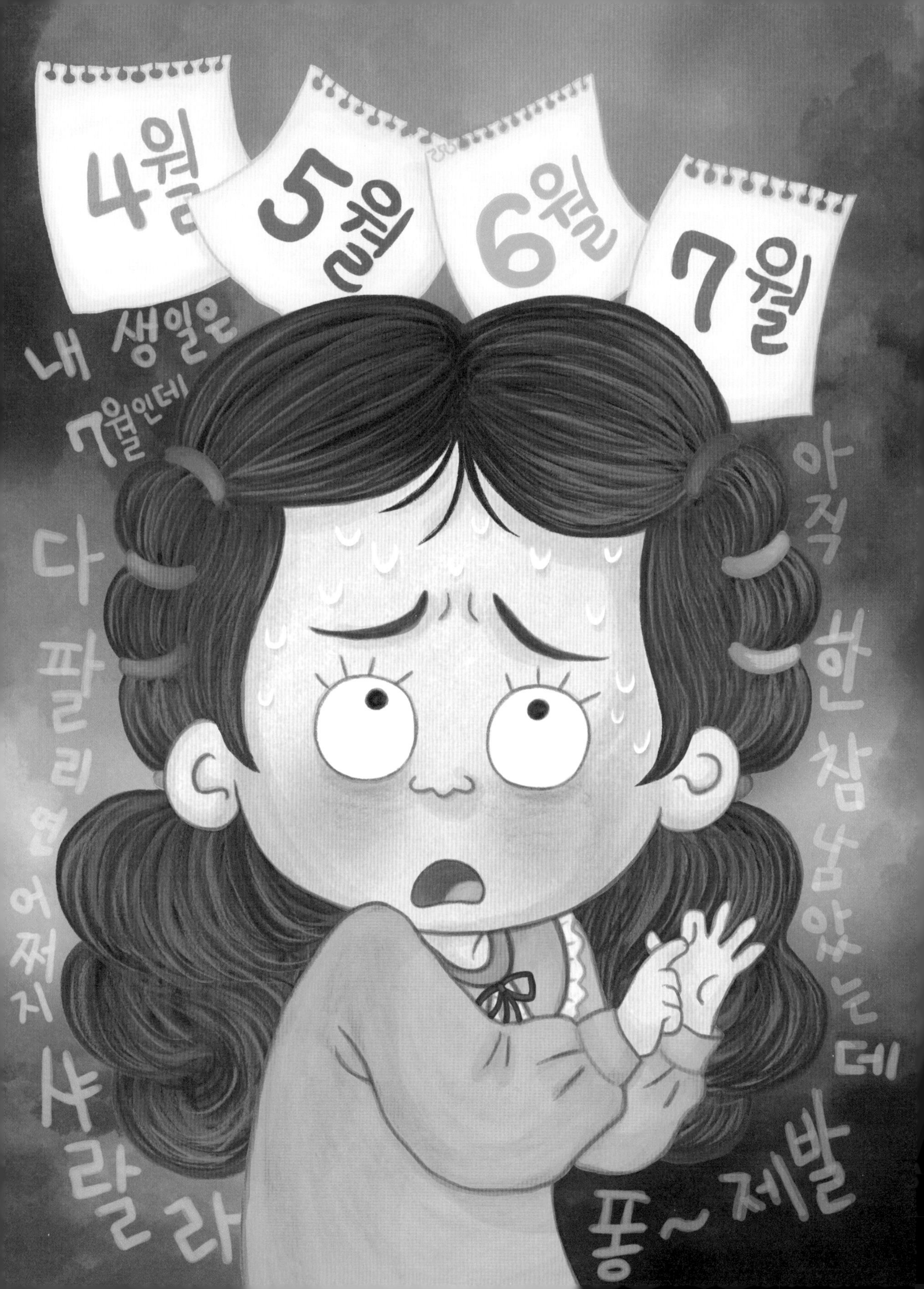

4월
5월
6월
7월
내 생일은 7월인데
다 팔리면 어쩌지
아직 한참 남았는데
샤랄라
퐁~ 제발

그때, 인영이가 물었어요.

"다음 생일은 누구야?"

아이들은 서로 생일을 말하며 누구 생일이 먼저인지

따져 보았어요.

"나!"

그 틈에 세빈이가 손을 번쩍 들었어요. 잠깐 망설였지만 샤랄라퐁 가방을 가질 수 있는 기회를 놓치기 싫었어요.

"세빈아, 네 생일이 언젠데?"

1학년 때 같은 반이었던 채원이가 물었어요.

'혹시 내 생일을 기억하고 있나? 아냐, 그럴 리 없어. 1학년 때는 생일 파티도 안 했는걸.'

심장이 쿵쿵 뛰었어요.

"이, 이번 주 그, 금요일이야."

목소리까지 바르르 떨렸지요. 세빈이는 이번 주 금요일이 며칠인지도 몰랐어요. 그냥 떠오르는 대로 말한 건데, 아이들은 '어, 그래?' 하는 표정으로 고개를 끄덕

였어요. 채원이만 빼고요. 가슴이 철렁했지요.

채원이가 고개를 갸우뚱하며 물었어요.

"생일 파티 할 거야? 나 금요일에 가족 여행 가거든."

채원이의 물음에 세빈이는 가슴을 쓸어내렸어요.

"어? 아, 생일 파티…… 해, 해야지."

채원이는 아쉬운지 얼굴을 잔뜩 찌푸렸어요.

"세빈아, 너 샤랄라퐁 가방 괜찮지? 난 벌써 이걸로
선물 정했다!"

인영이 말을 듣고 나니 세빈이는 벌써부터 신이 났어
요. 샤랄라퐁 가방을 메고 있는 자신의 모습이 떠올랐
어요. 다은이랑 커플 가방으로 메고 다닐 수도 있어요.

'샤랄라퐁 가방을 가질 수 있다니!
생일 파티는 어떻게든 하면 되지, 뭐.'

세빈이는 마냥 기뻤어요.

16

생일 파티 작전

4일 전
월요일

그날부터 세빈이는 고민에 빠졌어요. 생일 파티를 어떻게 하면 좋을까 하고 말이에요.

세빈이는 먼저 엄마를 졸라 보기로 했어요.

"엄마, 내 생일 파티 말이야…… 미리 해 주면 안 돼?"

퇴근 후 저녁 식사를 준비하느라 분주한 엄마는 뒤도 돌아보지 않고 말했어요.

"안 되지. 생일 파티는 생일날 해야지."

"1학년 때 생일 파티 안 해 줬잖아. 그거 지금 해 주면 안 돼?"

세빈이가 엄마의 소매를 잡아끌며 말했어요.

"작년에는 가족끼리 맛있는 거 먹었잖아. 케이크 촛불도 끄고."

엄마는 꿈쩍도 안 했지요. 세빈이는 슬슬 답답했어요.

"아이참, 그건 파티가 아니잖아. 친구들 초대도 안 했는데 그게 무슨 파티야?"

그제야 엄마가 하던 일을 멈추고 세빈이 쪽으로 고개를 돌렸어요.

"갑자기 웬 생일 파티 타령이야? 엄마 지금 바쁘니까 이제 그만! 생일 파티는 생일날, 알았지?"

엄마가 눈썹을 치켜떴어요. 경고의 표정이었지요. 그러고는 다시 돌아서서 분주히 일했어요.

엄마한테 생일 파티를 미리 해 달라는 건 어림없어 보였어요. 엄마한테 솔직하게 말할까도 생각해 봤어요. 하지만 가방이 갖고 싶어 거짓말한 사실을 엄마가 알게 된다면 파티는커녕 제대로 혼쭐이 날 게 분명했어요.

세빈이는 방에 들어와 책상 앞에 앉았어요. 그리고
책상 위로 철퍼덕 엎드렸어요. 눈을 감았는데도 샤랄라
퐁 가방이 눈앞에 둥둥 떠다녔어요.

'지금 이러고 있을 때가 아니지.'

생일 파티 생각에 정신이 번쩍 들었어요. 파티 장소, 파티 음식, 초대장 만들기 등 준비할 게 한두 가지가 아니었지요. 세빈이는 얼른 몸을 일으켰어요.

그때, 선반 위의 분홍 돼지 저금통과 눈이 딱 마주쳤어요. 댕그란 돼지 얼굴이 씩 웃고 있었어요.

'걱정하지 마. 내가 있잖아.'

마치 돼지 저금통이 이렇게 말하는 것 같았어요.

하지만 세빈이는 망설여졌어요.

처음 이 저금통을 샀을 때, 엄마와 손가락 걸고 약속했던 게 떠올랐거든요.

"저금통에 돈이 꽉 찰 때까지 꾸준히 모아 보자. 알았지? 자, 약속!"

그때부터 지금까지 세빈이는 한 번도 저금통을 열어 보지 않았어요. 아직 저금통이 꽉 차지 않았거든요. 가방이 너무나 갖고 싶었을 때도 저금통을 깰 생각은 하

지 않았어요. 그랬던 세빈이 마음이 지금은 몹시 흔들

리고 있었어요.

"어차피 내 돈이잖아. 내가 심부름해서 모은 거라고."

세빈이가 선반 위의 저금통을 내렸어요. 저금통은 꽤

무거웠지요. 얼마나 될까 잔뜩 기대가 될 만큼이나요.

5,600원 흐흐흐

현관의 신발 정리하기, 빨래 개기 같은 심부름을 해서 모은 동전들이었어요. 세빈이는 얼른 돼지 저금통의 고무마개를 돌려 열었어요.

저금통을 흔드니 책상 위로 동전들이 와그르르 쏟아져 나왔어요. 지폐도 몇 장 보였지요.

세빈이는 신이 나서 동전을 세었어요. 꼬깃꼬깃한 지폐까지 펴서 합하니 모두 오천육백 원이나 됐어요.

"오천 원이면 컵볶이 다섯 개를 살 수 있어!"

세빈이는 무릎을 탁 쳤어요. 다은이 생일 파티 때 모인 친구들이 세빈이까지 모두 여섯 명, 채원이는 가족 여행 때문에 못 오니까 하나 빼면 다섯 명! 돈이 딱 맞았지요.

아니, 이 정도 돈이라면 용돈을 조금 더 보태어 가방을 살 수도 있는 금액이었어요.

'진작에 이럴걸.'

물론 저금통 깬 사실을 엄마가 알게 되면 된통 혼날

테지만요.

'만약 엄마가 어디에서 가방이 났냐고 물으시면, 저금통을 깨서 샀다고 말해야지.'

세빈이는 생각했어요. 가짜 생일 파티를 해서 받은 선물이라고 말하는 것보다는 훨씬 나을 것 같았거든요.

'아, 어쨌거나 그것도 거짓말인데……'

일이 조금씩 이상하게 흘러가는 것 같아요. 하지만 세빈이는 그런 생각을 떨쳐 내려고 힘껏 도리질했지요. 일단 생일 파티를 무사히 치르는 게 중요하니까요. 당장 날짜가 얼마 남지 않았다고요.

"이럴 줄 알았으면 다음 주라고 말할걸."

세빈이는 뒤늦게 후회했어요. 하지만 그게 무슨 소용이겠어요. 이번 주라고 말하나 다음 주라고 말하나 어차피 몽땅 거짓말이잖아요.

생각이 많아진 세빈이 얼굴은 울상이 되었어요.

자꾸 늘어나는 거짓말

"세빈아, 세빈아!"

교실 앞문으로 채원이가 헐레벌떡 뛰어 들어왔어요.

'아직 지각할 시간이 아닌데?'

세빈이는 채원이가 왜 급히 허둥대는지 궁금했어요.

세빈이 이름을 애타게 부르며 뛰어왔으니 말이에요.

채원이는 가방도 벗지 않고 바로 세빈이 자리로 왔어

요. 그리고 책상을 잡고는 한참을 헉헉거렸지요.

"채원아, 왜 그래?"

"세, 세빈아…… 헥헥. 나도 네 생일 파티에 갈 수 있게 됐어. 엄마가 여행 한 주 미룬대."

채원이가 활짝 웃으며 말했어요. 주변에 있던 다은이

가 그 얘길 듣고 다가왔어요.

"진짜? 잘됐다! 그지, 세빈아?"

"어, 그럼. 잘됐다."

세빈이는 억지웃음을 지었어요. 저금통에서 나온 돈

으로는 딱 다섯 명이 컵볶이를 먹을 수 있는데, 채원이

가 오면 여섯 명이 되잖아요. 컵볶이를 못 먹게 됐어요.

세빈이는 저도 모르게 한숨을 내쉬었어요.

"세빈아, 왜 그래?"

다은이가 물었어요. 채원이와 다은이는 눈을 댕그랗

게 뜨고 세빈이를 바라봤어요.

"뭐가?"

세빈이가 되물었어요.

"내가 네 생일 파티에 가는 거 싫어?"

채원이가 잔뜩 울상이 되어 말했어요.

"아, 아니. 아니야, 내가 왜 싫겠어."

세빈이가 얼른 손사래 치며 말했어요.

"생일 파티에 축하해 주는 친구가 많이 오면 당연히 좋지. 선물도 더 많이 받고. 안 그래?"

다은이가 옆에서 거들었어요.

"그럼, 그럼."

세빈이가 마지못해 맞장구쳤어요. 머릿속은 몹시 복잡했지요. 선물 소리를 들으니 더 그랬어요.

"세빈아, 초대장 안 만들어? 내가 도와줄게."

다은이는 글씨를 잘 써요. 귀여운 캐릭터 그림도 잘 그리고요. 그중에서도 특히 샤랄라퐁을 잘 그려요. 꾸미기도 잘해서 모둠 활동을 할 때마다 다은이가 나서서 발표 자료를 만들어요.

초대장까지는 미처 생각을 못 했는데, 다은이가 먼저 말을 꺼내 주니 고마웠어요.

"초대장 앞에 샤랄라퐁도 그려 줄 수 있지?"

채원이 물음에 다은이는 흔쾌히 답했어요.

"당연하지!"

그리고 보니 이 모든 게 샤랄라퐁 가방 때문이에요. 생일 파티만 잘 마치면 샤랄라퐁 가방을 가질 수 있다고 생각하니 울적했던 마음이 금세 나아졌어요.

"며칠만 잘 견디자. 그러고 나서 다시는 거짓말 안 할 거야."

세빈이는 다부지게 마음먹었어요.

그날 오후, 세빈이는 학원 수업을 마치고 다은이네 집으로 갔어요. 다은이 엄마가 맛있는 쿠키를 구워 주신다고 했거든요. 다은이 엄마는 다은이 생일 파티 때 케이크도 직접 만들어 주셨어요.

'아, 케이크는 어쩌지?'

세빈이의 걱정이 하나 더 늘었어요.

"자, 쿠키 먹으면서 하렴."

다은이 엄마가 준비한 쿠키를 맛있게 먹으면서 둘은
초대장을 만들었어요. 다은이가 초대장 앞면에 샤랄라
퐁을 멋지게 그려 주었지요.

모두 다섯 장의 초대장에 조금씩 다른 모습의 샤랄라
퐁이 뚝딱 자리를 잡았어요.

"정말 예쁘다, 다은아!"

세빈이가 두 손을 모아 쥐며 감탄했어요.

"마음에 들어? 헤헤, 이제 그림은 됐고. 네 생일이 며
칠이지?"

"내 생일? 금요일이니까 그게…… 며칠이더라?"

"하하! 뭐야, 어떻게 자기 생일 날짜를 모르냐?"

다은이가 웃으며 말했지만 세빈이는 뜨끔했어요.

"음, 이제 날짜는 썼고. 세빈아, 생일 파티는 어디에
서 해? 너희 집?"

"그러니까 우, 우리 집에서 해야겠지?"

"뭐라고? 생일 파티를 어디에서 할지 아직 안 정한

거야?"

다은이가 고개를 갸우뚱했어요. 다은이가 생일에 대해 이것저것 자꾸 물을 때마다 세빈이는 난처했어요.

생일부터가 가짜니까 계속 거짓말을 할 수밖에 없잖아요.

'이럴 줄 알았으면 그냥 초대장을 만들지 말걸.'

세빈이가 울상을 지었어요.

"아, 이러면 되겠다!"

좋은 생각이 떠올랐는지 다은이가 초대장에 끄적끄적 무엇인가를 적었어요.

"자, 어때?"

다은이가 내민 초대장에는 이렇게 쓰여 있었어요.

"와, 다은아. 너 천재다!"

세빈이는 엄지를 세워 보였어요.

마치 서프라이즈 파티처럼 기대되는 문구였어요. 당장 생일 파티 장소를 정하지 않아도 되었고요.

다은이는 나머지 초대장에도 똑같이 적었어요. 세빈이는 다은이까지 속이는 게 미안했지요.

'사실대로 다 말할까? 그럼 나한테 무척 실망할 텐데. 친구 안 하겠다고 할지도 몰라.'

한참을 망설이다 그냥 헤어졌어요. 그렇게 가짜 생일 파티 사흘 전 하루가 금세 지나갔어요.

갑자기 불어난 손님들

"세빈아, 나 초대장 지금 바로 줘. 다은이가 그린 샤랄라퐁 보고 싶단 말이야."

등교하자마자 채원이가 와서 채근했어요.

"무슨 초대장?"

까불이 건우가 끼어들었어요. 세빈이 옆자리거든요.

"낼모레가 세빈이 생일이야."

채원이 말을 듣자 건우가 대뜸 물었지요.

"그럼 생일 파티도 해?"

"당연하지. 그러니 초대장이 있지."

세빈이가 대답하기도 전에 채원이가 건우에게 넙죽 말했어요.

"그런데 왜 나는 초대 안 해? 네 짝인데, 너무하는 거 아냐?"

건우가 건들거리며 말했어요.

"남자애들은 아무도 초대 안 했단 말이야."

세빈이가 다급히 말했어요. 거짓말로 속이고 하는 생일 파티에 굳이 많은 아이들을 부를 필요가 없었지요.

"그런 게 어디 있어! 남녀 차별하냐? 남자애들은 네 친구 아니야? 같은 반 친구끼리 너무해. 이건 말도 안 돼. 나도 얼른 초대해 줘라, 응? 제발, 김세빈!"

건우가 막무가내로 떼를 썼어요. 건우 말을 들은 반 아이들이 우르르 몰려왔어요. 몰려온 아이들은 저마다 생일 파티에 가고 싶다고 종알거렸어요.

"세빈아, 어떡해? 이렇게 많이 초대해도 괜찮은 거야? 엄마한테 물어봐야 하는 거 아냐?"

다은이가 걱정스레 물었어요.

"그럼 이따 엄마한테 전화해 봐. 내가 핸드폰 빌려줄게. 아니면 우리 엄마한테 물어보라고 할까?"

건우가 가방 속에서 핸드폰을 꺼내 들었어요.

엄마한테 전화를 해 보라니요! 세빈이는 화들짝 놀랐어요. 엄마한테 들키면 큰일인걸요.

"안 돼! 아냐, 안 물어봐도 돼."

세빈이가 손사래를 치며 다급히 말했어요.

"진짜? 오케이! 나 낼모레 학원 안 간다. 친구 생파 때는 엄마가 학원 빼 주거든. 히히."

건우가 신이 나서 말했어요.

"세빈아, 나는?"

"나도 가는 거 괜찮아?"

"나도, 나도!"

모여든 아이들이 하나둘씩 세빈이에게 물었어요. 그러자 건우가 나서서 말했어요.

"괜찮다잖아. 친구들 많이 오면 김세빈도 좋지. 축하도 많이 받고, 안 그래? 엄청 재밌겠다!"

"와!"

교실이 떠들썩해졌어요. 세빈이만 죽상이 되었지요. 반 아이들 모두에게 생일도 아닌 날에 축하를 받게 되었으니 말이에요. 못 온다는 애들 몇 명을 빼더라도 열 명은 가뿐히 넘을 것 같았어요.

"파티는 어디서 해? 집에서?"

채원이가 물었어요.

"아니!"

세빈이가 얼른 대답했어요. 이 많은 친구들이 집으로 오겠다니……. 엄마 몰래 생일 파티를 해야 하는데 절대 안 될 말이었지요.

세빈이 대답에 아이들 눈이 동그래졌어요.

"집이 아니면 혹시 키즈 카페?"

인영이가 말했어요. 그러자 아이들 눈이 커졌어요.

다들 엄청 기대하는 눈치였지요. 얼마 전 다은이 생일 파티를 근사한 키즈 카페에서 했기 때문이에요.

아이들 모두 세빈이를 말똥말똥 쳐다봤어요. 세빈이가 어쩔 줄 몰라 골똘히 머리를 굴리고 있을 때였어요.

"어디서 하든 놀이터에서 먼저 놀다가 가면 안 돼?"

실내에서 노는 것보다 밖에서 뛰어놀기를 더 좋아하는 건우가 말했어요. 다행히 아이들은 모두 좋다고 했지요. 세빈이는 건우에게 고마운 마음이 들었어요.

그런데 한 가지 더 큰 고민거리가 생겼어요. 가짜 생일 파티를 해 버리면 진짜 생일에는 어쩌지요? 앞으로는 쭉 생일 파티를 가짜 생일에 해야 할지도 몰라요. 그럼 그때마다 친구들에게 거짓말을 해야 할 테고요.

엄마가 진짜 생일 파티를 근사하게 해 주겠다고 하면 어쩌지요? 일 년에 생일이 두 번인 사람은 없잖아요. 엄마가 올해는 꼭 친구들을 초대해서 파티를 해 주기로 분명히 약속했거든요.

학교가 끝나자, 세빈이는 다은이에게 핑계를 대고 혼
자 서둘러 나왔어요.

머릿속이 뒤죽박죽 엉망이었어요.

생일 파티 장보기

가짜 생일 파티가 하루 앞으로 다가왔어요.

"인영아, 샤랄라퐁 가방 말이야……. 너희 문방구에
아직 있지?"

세빈이가 인영이에게 물었어요. 이렇게 마음 졸이며
지내는데, 샤랄라퐁 가방을 갖지 못한다면 너무나 속상
할 것 같았어요.

"그럼, 매주 조금씩 아빠가 들여놓거든."

인영이가 어깨를 으쓱하며 말했어요.

세빈이는 마음을 다잡았어요. 가짜 생일 파티를 잘

끝내면 꿈에 그리던 샤랄라퐁 가방이 세빈이 것이 되잖아요. 가방만 생각하기로 굳게 마음먹었어요. 이제 와서 되돌리기에는 너무 늦었어요.

'뭐라도 사 놓는 게 좋겠어.'

학교에서 돌아온 세빈이는 저금통에서 동전과 지폐를 꺼내 지갑에 챙겨 넣었어요. 지갑이 불룩 튀어나오며 뚱뚱해졌어요. 엄마가 식탁 위에 올려놓은 장바구니도 하나 챙겼지요. 컵볶이를 못 먹게 되었으니 다른 먹을거리라도 사 둘 참이었어요.

세빈이는 집에서 가장 가까운 편의점으로 갔어요. 평소 아빠와 자주 들러 과자를 사 먹는 곳이에요.

가격표에 빨간 글씨로 1+1, 또는 2+1이라고 적힌 과자들이 보였어요. 요즘 아이들 사이에서 인기 많은 감자 과자도 있었지요.

"아저씨, 이거 하나 사면 한 개 더 주는 거 맞지요?"

"그래, 두 개 들고 와라."

이렇게 장을 보면 지금 가진 돈으로도 과자를 여러 개 살 수 있었어요. 세빈이는 신이 났어요.

"아저씨, 또 다른 건 없어요?"

"녀석, 똘똘하네. 그 아래쪽 부숴부숴 과자도 두 개 사면 한 개 공짜야."

'오호, 그거 엄청 맛있는데.'

평소 맛있게 먹은 불고기 맛으로 세 개를 골랐어요.

"아저씨, 초콜릿은 더 주는 거 없어요?"

세빈이는 다은이가 좋아하는 초콜릿을 꼭 사고 싶었어요.

"저기 가나안 초콜릿 있잖아. 그게 원 플러스 원이야."

세빈이가 두리번거렸어요. 어디에 있는지 잘 보이지 않았어요.

"제일 위 선반에 있잖아. 오른쪽에서 두 번째."

세빈이가 까치발을 하고 선반 위에서 초콜릿 두 개를 집었어요.

'이건 다은이하고만 먹어야지!'

다은이 생각을 하다가 세빈이는 순간 멈칫했어요. 다은이에게까지 거짓말을 하는 게 영 마음에 걸렸어요.

다은이는 선뜻 나서서 생일 초대장까지 만들어 주었는데, 생일 파티가 가짜라는 사실을 알면 세빈이에게 크게 실망할 거예요.

'다은이한테만 사실대로 말할까?'

세빈이는 잠시 고민했지만 이내 고개를 저었어요. 지금은 당장 하루 앞으로 다가온 생일 파티를 무사히 치르는 게 더 중요했으니까요.

계산대 위에 과자가 수북이 쌓였어요.

"오늘은 혼자 왔네?"

아저씨가 웃음 띤 얼굴로 알은체했어요. 세빈이네는 이 편의점의 단골손님이거든요.

아저씨가 '띠딕띠딕' 가격을 찍어 낼 때마다 조마조마했어요. 갖고 있는 돈을 넘을까 봐서요.

"육천 오백 원이다."

'아, 다행이야!'

세빈이는 저금통을 뜯은 돈과 최근에 받은 용돈을 불룩한 지갑에서 꺼내 계산대 위로 우르르 쏟아 냈어요.

먼저 지폐를 골라 펴고, 동전을 하나하나 집어 들며 세었지요. 보다 못한 아저씨가 옆에서 도왔어요. 값을 지불하고도 칠백 원이 남았어요.

"와, 돈이 남았어요. 여기 칠백 원짜리 뭐 있어요? 아이들한테 인기 많은 걸로 하나 주세요."

아저씨가 앗싸 풍선껌을 꺼내 장바구니에 넣어 주었어요. 장바구니가 터질 듯 빵빵해졌어요.

그도 그럴 것이 과자 봉지가 다섯 개, 초콜릿이 두 개, 거기에 풍선껌까지! 세빈이는 알뜰하게 장을 봐서 기분이 좋았어요. 어른 없이 혼자 장을 본 건 처음이었거든요.

하지만 기분이 좋은 것도 잠깐이었어요. 세빈이는 빵

가게 앞을 지나다 걸음을 멈췄어요.

'아, 케이크⋯⋯.'

생일 파티에 케이크가 빠질 순 없죠. 하지만 케이크를 살 돈은 없었어요.

생일 파티에 오는 아이들이 케이크를 찾겠지요?

케이크가 빠진 생일 파티는 본 적이 없어요. 가짜 생일 파티를 하려니 걸리는 게 너무 많아요.

세빈이는 생일이라고 손을 번쩍 든 것을 또 후회했어요. 갖고 싶은 가방 때문에 가짜 생일 파티를 하는 건데, 걱정하느라 가방 생각은 미처 할 새도 없었지요.

"세빈아!"

다은이였어요. 빵 가게 앞에 서 있는 세빈이를 보고 반갑게 뛰어왔지요. 어깨에는 샤랄라퐁 가방을 예쁘게 메고 있었어요.

"여기서 뭐 해?"

다은이가 위아래로 세빈이를 쭉 훑었어요.

"아, 엄마 심부름?"

다은이가 불룩한 장바구니를 보고 말했어요.

"으응."

세빈이는 또 거짓말을 하고 말았어요.

"와, 케이크 맛있겠다! 저기 좀 봐. 샤랄라퐁 케이크
도 있네?"

다은이 눈이 커졌어요.

내일 생일 파티에 저 케이크가 있다면 얼마나 좋을까
요? 소원을 들어주는 샤랄라퐁이 세빈이 소원도 들어
주면 참 좋겠어요. 하지만 그럴 리는 없어요. 샤랄라퐁
은 착한 어린이 소원만 들어주는걸요. 세빈이처럼 거짓
말하는 친구의 소원은 들어주지 않을 거예요.

"나는 피아노 학원에 다녀오는 길이야. 내일 네 생일
파티 가려고 오늘 미리 다녀왔어. 잘했지?"

다은이 말에 세빈이는 고개를 끄덕였어요. 그러면서
정말 미안했어요.

'다은이한테 그냥 사실대로 말할까?'

세빈이가 조심스레 입을 뗐어요.

"있잖아, 다은아. 사실은 내일……."

말하려고 했지만 용기가 나지 않았어요. 세빈이가 한

  참을 머뭇거리자 뭔가 알았다는 듯 다은이가 웃으

    며 말했어요.

"아! 샤랄라퐁 케이크 아니어도 괜찮아.
난 다 잘 먹어. 내일 보자."

다은이 말에 세빈이는 벙싯 웃을 수
밖에 없었어요.

빵빵하게 부푼 장바구니는
하나도 무겁지 않은데, 걸음을
떼는 세빈이의 발은 천근만근 무
거웠지요.

가짜 생일 파티

드디어 가짜 생일날이 되었어요.

"김세빈, 오늘 몇 시까지 가면 되냐?"

건우는 누구보다 들떠 보였어요. 정작 생일 파티의 주인공인 세빈이는 울상이었어요. 생일 파티 걱정에 수업 시간이 어떻게 지나갔는지 모를 정도였어요. 하교 후 집에 와서도 내내 무거운 마음이었지요.

친구들과 약속한 시간이 되었어요. 어제 장을 봐 온 과자는 엄마 몰래 옷장 안에 꼭꼭 숨겨 놨어요.

세빈이는 과자 담은 장바구니를 들고 무거운 걸음으로 집을 나섰어요.

놀이터에 점점 가까워질수록 심장이 쿵덕쿵덕 두방망이질했어요. 차마 고개도 들지 못했어요. 당장 어디라도 달아나 버리고 싶었지요.

그때였어요.

"빵빵!"

세빈이는 자동차 경적 소리에 깜짝 놀랐어요. 소리 나는 쪽으로 고개를 돌리니 노란 미술 학원 차가 서 있었어요. 앞좌석 유리문이 쓱 내려가더니 까만 선글라스를 쓴 차량 선생님이 나타났어요.

"세빈아, 얼른 타!"

그러고 보니 오늘이 금요일, 미술 학원에 가는 날이었어요. 생일 파티 생각으로 머릿속이 꽉 차서 미술 학원을 까맣게 잊고 있었지 뭐예요.

'에라, 모르겠다.'

세빈이는 냉큼 학원 차량에 올라탔어요. 그러면서도 놀이터의 친구들 생각에 뒤통수가 자꾸 간질거렸어요. 막 자리를 잡고 앉으려 할 때였어요.

"야, 김세빈! 너 오늘 생일 파티 아냐? 난 엄마가 학원 빠지면 안 된다고 해서 못 가는 건데."

같은 반 남자아이였어요.

"세빈아, 오늘 생일이니? 축하해. 그런데 엄마가 아무 말씀 없으셨는데……."

"아, 제가 말씀드리기로 했어요. 그러려고 차에 탄 거예요, 헤헤."

세빈이가 멋쩍게 웃었어요. 그리고 불룩한 장바구니를 질질 끌며 학원 차에서 내렸어요. 떠나는 학원 차의 창문 너머로 남자아이가 외쳤어요.

"생일 파티 몇 시까지 해? 나 학원 끝나고 가도 되냐, 어?"

세빈이는 아무 대답도 할 수 없었어요.

터벅터벅 놀이터로 향했어요. 어쩐지 겁이 났어요.
빨랫줄에 널린 옷처럼 온몸이 축 처지는 것 같았어요.
"야, 김세빈! 여기야."
놀이터에 미처 닿기도 전에 아이들 목소리가 들려왔
어요. 목소리만 들어도 딱 알았지요. 박건우였어요.

약속 시간 훨씬 전부터 미리 나와서 놀고 있던 모양
이에요. 기다란 벤치 위에 아이들 책가방 여럿이 휙 던
져져 있었어요. 벤치 밑으로 내동댕이쳐진 가방도 하나
있었지요.

"넌 주인공이 진작 와 있어야지. 왜 이제 오냐?"

건우가 투덜댔어요.

"너희들, 집에도 안 갔다 왔어?"

세빈이가 물었어요.

"학원 안 가고 놀 수 있는 날인데 시간 아깝잖아."

건우가 거미줄 정글짐의 꼭대기에 매달린 채 말했어요. 건우와 어울려 놀던 아이들은 벌써부터 이마에 땀이 흥건했어요.

"김세빈, 너도 얼른 올라와."

건우 말을 듣고도 세빈이는 쭈뼛댔어요. 그러자 건우가 훌쩍 뛰어 내려와 세빈이를 잡아끌었어요. 손에 들려 있던 장바구니는 벤치 위로 훌렁 던졌고요.

'에라, 모르겠다. 일단 놀자!'

세빈이는 거미줄 정글짐으로 올라갔어요.

"그럼 우리, 술래 다시 뽑자."

아이 하나가 말했어요. 그러자 아이들이 동시에 손을 앞으로 쭉 내밀었어요.

"안 내면 진 거, 가위바위보!"

누가 먼저라 할 것도 없이 다 같이 외쳤어요. 네 번째 가위바위보에서 술래가 정해졌지요. 꼭대기 쪽에 있던 건우가 술래가 되었어요.

"다 잡아 주겠어."

건우가 스파이더맨처럼 팔 한쪽을 쭉 뻗었어요. 당장이라도 거미줄을 쏘아 댈 것처럼 말이에요.

아이들은 일제히 건우를 피해 도망쳤어요. 세빈이도 건우에게 잡히지 않으려고 얼른 줄을 타고 아래쪽으로 움직였어요. 땅에 발이 닿으면 아웃이에요.

세빈이는 거미줄에 겨우 매달려 되똥되똥 흔들렸어요. 어느새 세빈이 이마에도 땀이 송글송글 맺혔어요.

"세빈아!"

남자아이들과 놀고 있는 사이에 여자아이들이 왔어요. 세빈이는 손을 흔들며 반갑게 인사했어요.

"이제 생일 파티 하러 가자."

다은이 옆에 선 인영이가 말했어요. 손에는 분홍색 쇼핑백을 들고 있었어요. 세빈이는 그제야 이 모든 일이 왜 벌어졌는지 떠올랐어요. 정신이 번쩍 났어요. 바로 인영이 손에 들린 저 쇼핑백 속 물건 때문이었지요.

"지금도 생일 파티 중이거든! 너희도 얼른 올라와."

건우 말에 인영이가 얼굴을 잔뜩 찌푸렸어요. 인영이는 생일 파티에 온다고 분홍색 원피스로 한껏 멋을 부렸거든요.

인영이가 주춤거리자 다은이는 인영이 눈치를 살폈어요. 그러다가 슬그머니 거미줄 위로 올라섰어요.

한동안 입이 불뚝 나와 우두커니 서 있던 인영이는 가방들이 널브러져 있는 벤치로 가서 앉았어요. 가방들을 한쪽으로 확 밀어 놓고서요.

"어, 이게 뭐야?"

인영이가 불룩한 장바구니를 들춰 보았어요. 그리고 안에 들어 있는 과자 한 봉지를 꺼냈어요.

"나 이거 먹어도 돼?"

다른 아이들은 정신없이 노느라 인영이 말을 듣지 못했어요.

"응, 먹어. 그거 너희 주려고 산 거야."

세빈이가 대답했어요. 선물 때문에 내내 인영이를 신경 쓰고 있었거든요. 그러는 사이에 술래에게 금방 잡히고 말았지요.

인영이가 감자 과자 봉지를 뜯었어요. 그리고 감자 과자를 하나 꺼내 와삭 깨물었어요.

"맛있네!"

인영이는 보삭보삭 과자를 씹으며 아이들이 노는 걸 구경했어요. 한 봉지를 거의 다 먹었을 때쯤이었지요.

"어, 나도 그거 좋아하는데."

건우가 거미줄 정글짐에서 성큼 내려왔어요. 아이들
도 우르르 내려와 과자를 함께 먹었어요.

초콜릿 두 개도 뚝뚝 잘라 사이좋게 나눠 먹었어요.
초콜릿을 좋아하는 다은이가 제일 많이 먹었어요.

장을 볼 때는 많아 보였는데 여럿이 나눠 먹으니 순
식간에 사라졌어요. 아이들은 아쉬운 듯 과자 가루 묻
은 손가락을 쪽쪽 빨아 댔어요.

64

"세빈아, 근데 밥은 언제 먹어?"

채원이가 물었어요.

"밥?"

세빈이가 당황해서 되물었어요.

"응, 우리 밥은 안 먹어? 케이크는?"

"이제 우리 어디로 가? 너희 집으로 가는 거야?"

아이들이 저마다 세빈이에게 물었어요.

세빈이는 어찌할 바를 몰랐어요. 집에 가더라도 밥도, 케이크도 없으니까요.

거짓말을 했다고 말하면 아이들이 뭐라고 할까요? 세빈이는 겁이 나서 입이 떨어지지 않았어요. 세빈이만 빤히 쳐다보는 친구들을 보니 눈물이 쑥 차올랐어요.

무슨 생일 파티가 이래?

세빈이가 눈을 한 번 깜박이자 눈물이 뚝 떨어졌어요.

"세빈아, 왜 그래?"

다은이가 놀란 얼굴로 물었어요. 모두들 쳐다보고 있으니 가짜 생일이라 고백하기가 더 어려웠어요.

"케이크 없어? 우리 생일 축하 노래도 안 해?"

"무슨 생일 파티가 이래?"

남자아이 하나가 소리쳤어요.

"이렇게 배고픈 생일 파티는 처음이야."

곳곳에서 아이들이 볼멘소리를 했어요.

"너희들은 뭐 먹으러 왔냐?"

다은이가 아이들에게 따져 물었어요. 세빈이를 달래 가면서 말이지요. 그러고는 종이 가방에서 상자를 꺼내 세빈이에게 건넸어요.

상자를 열자 샤랄라퐁이 예쁘게 그려진 케이크가 나왔어요.

"우아!"

여자아이들 눈이 동그래졌어요.

"엄마가 만드는 거 도와주셨어. 내가 준비한 선물이야. 이걸로 생일 축하하자."

'다은아……'

세빈이는 다은이 선물에 감동했어요. 미안한 마음에 다시 눈물이 그렁그렁 차올랐지요.

다은이가 케이크를 벤치 위에 올렸어요. 그리고 긴 초 하나를 꽂았어요. 아이들은 불을 어떻게 켜야 하느냐며 웅성거렸어요.

경비 아저씨의 도움으로 촛불을 켰어요. 아이들은 우렁찬 소리로 세빈이의 생일을, 가짜 생일을 축하해 주었어요. 생일 축하를 받는 내내 세빈이는 어쩔 줄 몰랐어요. 어색한 미소만 짓고 있었어요.

"자, 선물."

아이들이 저마다 챙겨 온 선물을 꺼냈어요.

"나는 오늘 급하게 오느라 선물을 준비 못 했어."

남자아이 하나가 말했어요.

"나도, 나도."

다른 친구들 선물은 아무래도 좋았어요. 세빈이 머릿속은 온통 인영이 선물뿐이었어요. 그런데 인영이가 선물을 주지 않고 머뭇거리지 뭐예요.

"인영아, 선물."

다은이가 채근하자 인영이가 주춤주춤 쇼핑백을 내밀었어요. 세빈이는 잔뜩 기대에 차서 선물을 받아 들었어요. 그리고 바로 쇼핑백을 열었어요.

"어, 이게 뭐야?"

세빈이 표정이 일그러졌어요. 세빈이가 마주한 선물은 기대했던 것이 아니었어요. 샤랄라퐁 가방은 눈 씻고 봐도 찾을 수 없었지요.

"맨날 말도 없이 인기 많은 물건만 쏙쏙 가져다 쓴다

고 아빠한테 혼났거든. 그래서 하는 수 없이 다른 거 가져왔어."

인영이 말에 세빈이는 화가 벌컥 치밀었어요. 그래서 그만, 해서는 안 될 말까지 해 버렸지요.

"내가 그 가방 때문에 가짜 생일 파티까지 했는데!"

"뭐, 가짜 생일 파티?"

아이들이 웅성거렸어요. 세빈이는 놀라서 급히 두 손으로 입을 막았어요. 하지만 이미 밖으로 쏟아 낸 말을 주워 담을 수는 없었어요.

"뭐, 진짜 생일이 아니라고? 그럼 오늘 생일 파티도 거짓말이었던 거야?"

건우가 대뜸 소리쳤어요. 세빈이는 아무 말도 할 수 없었어요. 앞으로 학교에 가서 친구들을 어떻게 대해야 할지 걱정이 되었지요.

다은이 눈에 눈물이 핑 돌았어요. 그러더니 팩 토라진 얼굴로 돌아섰어요.

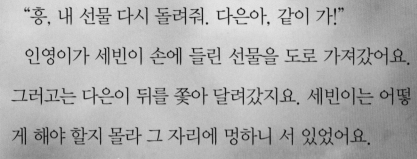

"흥, 내 선물 다시 돌려줘. 다은아, 같이 가!"

인영이가 세빈이 손에 들린 선물을 도로 가져갔어요.

그러고는 다은이 뒤를 쫓아 달려갔지요. 세빈이는 어떻

게 해야 할지 몰라 그 자리에 멍하니 서 있었어요.

"오늘 생일 파티도 아닌데 학원을 안 가고 놀았다는 거잖아, 앗싸! 그럼 진짜 생일은 언제야? 그때 또 생일 파티 하는 거지? 그때도 초대해 줄 거지, 응?"

건우가 세빈이에게 얼굴을 바짝 들이대며 물었어요. 세빈이는 못 이기는 척 고개를 끄덕였어요. 아이들 표정은 모두 제각각이었어요.

"우리, 생일 파티 아니더라도 더 놀다 가자. 얼음땡이 라도 한 판, 어때?"

건우 말에 남은 아이들은 입을 모아 "좋아!" 하고 대답했어요. 그러더니 우르르 몰려가 가위바위보를 하고는 정글짐으로 다시 올라갔어요.

세빈이는 아무렇지 않게 친구들과 놀 수가 없었어요.

'다은이한테 사과해야 하는데…….'

세빈이는 눈가에 흥건한 눈물을 닦아 냈어요.

"네, 세빈이 생일이냐고요? 아니에요, 세빈이 생일은 7월인걸요."

그날 저녁, 미술 학원 선생님의 전화로 가짜 생일 파티가 들통나고 말았어요.

"김세빈! 너, 이리 나와 봐."

세빈이는 엄마에게 된통 혼이 났어요. 거짓말한 벌로 올해 진짜 생일 파티는 없는 일이 되었고요. 하지만 괜찮았어요. 엄청난 잘못을 했는걸요.

그보다도 세빈이는 다은이가 궁금했어요. 그래서 저

녁밥도 제대로 먹지 못했어요. 누구보다 세빈이를 많이 도와주고 챙겨 줬던 다은이가 인사도 없이 그냥 가 버린 이유는 화가 엄청 많이 났기 때문이겠죠?

세빈이는 마음이 너무 아팠어요. 어쩌면 다은이가 절교하자고 할지도 몰라요.

세빈이는 책상에 앉아 종이 한 장을 펼쳤어요. 샤랄라퐁이 그려진 예쁜 편지지였어요.

'에잇, 또 샤랄라퐁!'

편지지를 구겨 주먹 안에 움켜쥐었어요. 세빈이는 지금 몹시도 샤랄라퐁이 미웠어요. 샤랄라퐁 가방 때문에 시작한 거짓말이었으니까요.

세빈이는 책꽂이에서 종합장을 꺼내 한 장을 북 뜯었어요. 그리고 어쩌다가 거짓말로 생일을 말하게 되었는지, 다은이의 케이크 선물이 얼마나 감동적이었는지, 얼마나 미안한 마음인지 한 자 한 자 적었어요. 실망한 다은이 마음이 풀리길 바라면서요.

*

    다음 날, 세빈이는 등교하자마자 다은이 책상 서랍에 편지를 몰래 넣었어요.

    둘 사이는 서먹서먹해졌어요. 세빈이는 미안한 마음에 다은이에게 먼저 다가가 말을 걸지 못했어요. 그저 다은이 주변만 맴돌았지요.

    다은이가 언제고 "우리 절교야!"라고 말할 것만 같아, 마음을 졸이고 있었어요. 그렇게 며칠이 흘렀어요.

    "다은아, 내가 선물한 가방 잃어버렸어? 매일 들고 다니더니 요즘은 왜 안 가지고 와?"

    인영이가 물었어요. 다은이는 "아니, 그냥."이라고만 대답하고는 씩 웃었어요.

    '나 때문인가 봐.'

세빈이는 마음이 무거웠어요.

다은이는 생일 선물을 받은 뒤부터 샤랄라퐁 가방을 매일 들고 다녔어요. 그런데 세빈이의 가짜 생일 파티 이후로는 한 번도 들고 오지 않았어요.

세빈이는 용기를 내어 다은이에게 다가갔어요.

"다은아, 혹시 나 때문에 가방 안 들고 다니는 거야?"

"그래, 네가 부러워할까 봐!"

"아니야, 그냥 들고 다녀. 난 괜찮아. 내가 잘못한 거잖아."

"치, 나중에 너한테 가방 생기면 같이 들고 다닐 거야."

세빈이는 다은이 말에 눈물이 핑 돌았어요.

"정말? 그럼 우리 절교 안 해도 돼?"

"뭐, 절교? 너, 나랑 절교할 생각이었어?"

다은이가 눈을 댕그랗게 뜨고 물었어요.

"당연히 아니지!"

둘은 손을 맞잡았어요. 다시는 다은이를 속이지 않을

거라고 세빈이는 다짐했어요. 아무리 갖고 싶은 게 있
더라도 말이지요.

진짜 생일 파티

나무마다 새순이 쑥쑥 자라 무성한 초록이 되었어요.
세빈이의 진짜 생일도 점점 다가왔지요.

7월이 되자마자 건우는 쉬는 시간마다 세빈이에게 물었어요. 생일 파티 언제 할 거냐고 말이지요.

"진짜 생일이 언제라고 했지? 이번에도 생일 파티 할 거지?"

그럴 때마다 세빈이는 고개를 절레절레 저었어요.

"올해 생일 파티는 없어!"

지난번 가짜 생일 파티 사건으로 혼났을 때, 엄마가

그렇게 말씀하셨어요.

세빈이는 고개를 푹 숙였어요. 1학년 때 하지 못한 생일 파티를 2학년 때도 못 하게 됐어요. 속상해도 어쩔 수 없지요. 세빈이가 잘못했으니까요.

"그때 거짓말한 벌로 진짜 생일 파티 못 하게 됐어."

세빈이가 입을 댓 발 내밀며 말했어요.

"왜 못 해? 그때처럼 우리끼리 하면 되지. 다 같이 놀이터에서."

무슨 생각이 났는지 건우가 갑자기 자리에서 벌떡 일어났어요. 그리고 교실이 떠나가라 소리쳤어요.

"얘들아, 김세빈 생일날 놀이터에서 같이 놀 사람!"

그러자 이곳저곳에서 아이들이 난리였어요.

"이번에는 진짜 생일 파티냐?"

누군가의 물음에 세빈이가 놀라서 얼른 말했어요.

"생일 파티 아니야. 밥도 케이크도 없어."

"에이!"

곳곳에서 아쉬워하는 탄성이 들렸어요.

"생일 파티를 뭐 먹으러 가냐? 생일 축하해 주러 가는 거지."

"맞아, 맞아."

다은이 말에 모두 큰 소리로 소리쳤어요.

"와, 신난다! 김세빈 가짜 생일 파티 엄청 재미있었는데, 진짜 생일 파티는 더 재미있겠지?"

건우가 잔뜩 들뜬 목소리로 말했어요.

"아이참, 파티가 아니래도!"

세빈이는 안절부절 어쩔 줄 몰랐어요. 그 모습에 아이들이 웃음을 빵 터뜨렸지요.

파티든 아니든 상관없이 다 함께 뛰어놀 생각에 모두들 신이 났어요.

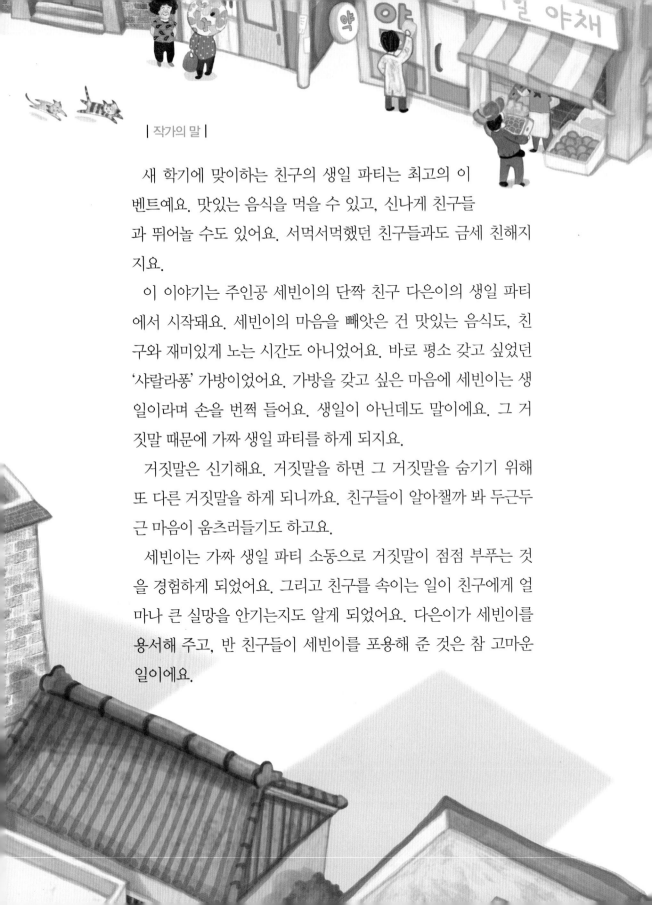

| 작가의 말 |

새 학기에 맞이하는 친구의 생일 파티는 최고의 이 벤트예요. 맛있는 음식을 먹을 수 있고, 신나게 친구들과 뛰어놀 수도 있어요. 서먹서먹했던 친구들과도 금세 친해지지요.

이 이야기는 주인공 세빈이의 단짝 친구 다은이의 생일 파티에서 시작돼요. 세빈이의 마음을 빼앗은 건 맛있는 음식도, 친구와 재미있게 노는 시간도 아니었어요. 바로 평소 갖고 싶었던 '샤랄라퐁' 가방이었어요. 가방을 갖고 싶은 마음에 세빈이는 생일이라며 손을 번쩍 들어요. 생일이 아닌데도 말이에요. 그 거짓말 때문에 가짜 생일 파티를 하게 되지요.

거짓말은 신기해요. 거짓말을 하면 그 거짓말을 숨기기 위해 또 다른 거짓말을 하게 되니까요. 친구들이 알아챌까 봐 두근두근 마음이 움츠러들기도 하고요.

세빈이는 가짜 생일 파티 소동으로 거짓말이 점점 부푸는 것을 경험하게 되었어요. 그리고 친구를 속이는 일이 친구에게 얼마나 큰 실망을 안기는지도 알게 되었어요. 다은이가 세빈이를 용서해 주고, 반 친구들이 세빈이를 포용해 준 것은 참 고마운 일이에요.

'어른이 준비해 주는 파티가 아니라, 아이들이 스스로 준비하고 신나게 노는 파티는 과연 어떨까?'

이 이야기는 그런 생각에서 비롯되었어요. 화려한 장소, 근사한 음식, 값비싼 선물이 아니더라도 친구들과 함께 흠씬 뛰어노는 시간이라면 그걸로도 멋진 파티가 될 거예요. 어린이 독자들에게 그 즐거운 광경을 보여 주고 싶었어요.

원고를 쓰는 내내 생일 파티를 준비하던 초등학교 2학년 시절의 큰딸 모습을 떠올렸어요. 먹고 싶은 음식 메뉴와 파티 시간표를 짜고 또박또박 적어 엄마에게 건넨 종이! 설레고 기대하는 마음이 그 종이 안에 듬뿍 담겨 있었어요. 조마조마 마음을 졸이며 준비하던 세빈이의 파티 준비와는 사뭇 달랐지요.

매년 귀한 생일날을 맞이할 독자 여러분! 친구들과 신나게 뛰놀며, 축하하고 격려하는 멋진 생일날이 되길 정희용 작가가 소망하고 응원합니다.

세빈이의 조마조마한 가짜 생일 파티, 재미있게 읽어 주세요.

2024년 10월
엄마 딸로 태어나 주어 고마운 두 딸의 엄마
정희용

샤랄라~♡

본격적으로 책 읽기를 시작하는 어린이를 위한

저학년은 책이 좋아

서울시립어린이도서관 권장 도서 | 고래가숨쉬는도서관 선정 | 국민독서문화운동본부 선정 | 한국학교도서관사서협회 선정
한국문화예술위원회 문학 나눔 선정 | 국립어린이청소년도서관 선정

〈저학년은 책이 좋아〉 시리즈는 계속 출간됩니다.

잇츠북어린이는 우리 어린이들이 책과 친한 친구가 되기를 바라는 마음으로 재미있는 책을 만들고 있어요. | E-mail locis@naver.com